Antonio Galatti

Elogio funebre dell'abate D. Paolo Flamma

Antigonos

Antonio Galatti

Elogio funebre dell'abate D. Paolo Flamma

Ristampa immutata dell'edizione originale del 1836.

1ª edizione 2024 | ISBN: 978-3-38666-998-6

Antigonos Verlag è un marchio della Outlook Verlagsgesellschaft mbH.

Verlag (Editore): Outlook Verlag GmbH, Zeilweg 44, 60439 Frankfurt, Deutschland
Vertretungsberechtigt (Rappresentante autorizzato): E. Roepke, Zeilweg 44, 60439 Frankfurt, Deutschland
Druck (Tipografia): Libri Plureos GmbH, Friedensallee 273, 22763 Hamburg, Deutschland

ELOGIO FUNEBRE

DELL' ABATE

D. PAOLO FLAMMA

scritto dal suo scolare

ANTONIO GALATTI

DA MESSINA

MESSINA

STAMPERIA DI TOMMASO CAPRA

ALL' INSEGNA DI MAUROLICO

Dicembre, 1836

. . . . *nulla pavoris signa, nihil triste in verbis ejus, aut vultu depre-hensum . . . quod unum jam tamen et pulcherrimum habebat, imaginem vitae sue relinquere testatur.*

Tacito, lib. xv. degli annali.

AL TENERO E LEALE

MATTEO POLIMENI

OTTIMO PADRE CITTADINO E CONSORTE

SOSPIRO DELLA VEDOVA MADRE

DEI FRATELLI DELIZIA

PIÙ CHE FRATELLO ALL' UOMO

NEL DÌ VIII. DECEMBRE M. DCCC. XXXVI.

SPINTO IMMATURAMENTE SOTTERRA

FRA IL PIANTO E LE BENEDIZIONI UNIVERSALI

MALLEVADRICI DI SUA BEATITUDINE ETERNA

QUESTO

DELLE SUE LAGRIME UMIDO ANCORA

FUNEBRE ELOGIO

ONDE SI COLE

CHI DI SAGGEZZA E D' INTEGRITÀ GLI FU MASTRO

ANTONIO GALATTI

A LUI DAI PRIMI ANNI INVARIABILE AMICO

OGGI PER TANTE PERDITE DESOLATO

IN AMARISSIMO PEGNO D' INFINITO DOLORE

OFFRE DEDICA E CONSACRA.

ELOGIO FUNEBRE

DELL' ABATE

DON PAOLO FLAMMA

DA MESSINA

Soffocata dal dolor la parola, e sarà dunque che mestamente a queste pagine io l'affidi ad onta del più severo divieto? Nè severo soltanto, ma rispettabile, sacro; chè sacra io sempre tenni, Anima eccelsa del miglior dei mortali, sillaba che partiva dal vostro labbro. Fu desso, ah sì fu desso, che le cento fiate m'interdisse tesser di voi lode qualunque, ch'ai posteri potesse tramandarsi, nè forza d'insistenza, o di prego a distorvi mai valse da quello assoluto proponimento; sì che tutte le volte, che io con amorevole industria facevami a domandarvi qualche notizia della vostra vita, voi leggendo nel mio cuore, ed iscoprendo il fine delle mie richieste,

con affettuoso sorriso rispondevate : « risparmia, mio
» caro-figlio, il tedio a me di narrarle, a te di udirle;
» esse non meritano di giungere ai venturi : io vo' finir
» col sepolcro, e tu non violerai questo mio voto.» Ah
sì che violarlo degg'io ! nè voi dalla residenza celeste
me condannerete perciò; chè intera l'anima mia vi si
offre allo sguardo, e di leggieri scorgete, che se parlo di
voi irresistibile impulso di riconoscenza, e di affetto filiale mi vi spinge, e che nel mentre il vostro impero
io trasgredisco, me ne crucio in me stesso, siffattamente
quasi la mia trasgressione espiando. Nè col tessere l'elo-
gio vostro, o mio rispettabile Maestro, all'energica voce
del mio cuore obbedisco soltanto, ma servo altresì allo
interesse della patria comune, a quel nume onnipossen-
te, cui tutto sacrificar godevate. Sicilia, e seco il mondo han bisogno di uomini che vi somiglino, ed il qua-
dro delle virtù di chi nel sepolcro discende fecondo ger-
me può farsi, che in parte almeno ripari alle perdite
nostre. Persisterete voi dunque, a tale idea, nel reite-
ratomi divieto? no temerlo io non posso, chè nulla in-
darno da voi giammai chiese la patria; sì che parmi
già già, che alla inchiesta direttavi, io vi vegga sollevar
dal feretro il capo venerando, schiuder le cave luci, e
lentamente girandole intorno fisarle amorosamente ne-
gli occhi miei lagrimosi, e rispondermi quindi : » sia
» fatto il voler della patria; ritraggi il mio nulla, mo-
» strami cittadino, io tel consento » . . . . Vi ubbidirò.

PAOLO FLAMMA, quegli di cui meco or pian-
gono i buoni la morte, respirò le prime aure vitali a
diciassette Gennaro del 1753 in Messina. Gaetano Flamma di Napoli Dottor in medicina, allora con tal qua-
lità al servigio di Carlo terzo nel reggimento svizzero
Wirtz, ebbe in lui il primo pegno del tenero e sacro

legame, che a Marianna Giurlando messinese lo univa, e già il buon genitore cominciava a cogliere le prime ricompense del paterno suo affetto nei vezzi del vivace fanciullo, già beavasi nelle più dolci speranze della riuscita del figlio, sulla garenzia, che gliene apprestavano il precoce sviluppo dell' ingegno di lui, e l'indole buona, che dava a divedere, quando fatalità inesorabile troncò nella città di Napoli, dove colla famiglia stanziava, lo stame di sua vita, pressochè non ancor compiuto il trentesimo anno (1), mentre il suo Paolo non ne contava che tre.

Sventurato innocente! e così dunque che tu schiudi la carriera del tuo viver morale? Le prime impressioni che l'animo tuo, comunque debole, riceve sono quelle del dolore, chè se l'età tua tenerissima t'interdiceva di comprendere qual sostegno perdevi nell'autor de' tuoi giorni, il tuo cuore sensibile amareggiato rimaner senza meno dovea nel vederti mancare quelle amorose carezze, alle quali assuefatto già t'eri. Ma schiuso una volta a danno degl'infelici il baratro dei disastri forza umana non vale ad impedirne lo sbocco. Ecco in fatti un padrigno succedere al trapassato Gaetano, ecco gli affetti materni divisi fra l'orfano compassionevole, ed un secondo consorte.

Bartolomeo Masnada genovese, trafficante di cereali, colto là sul Sebeto dalle attrattive della vedova Marianna aspirò a farla moglie per la seconda volta, ed ella cedendo all'impulso della giovinezza, anzichè alla voce del materno dovere, giurò per la seconda volta sull'altare, ed al Masnada si diede. Malaugurato legame! avvegnachè per esso non solo delle tenerezze, alle quali il derelitto fanciullo avea ragion di pretendere, rimase egli frodato; ma lo fu ben anco di quella circoscritta fortuna, che dal paterno, e dal materno retaggio gli era dato sperare. Rotto il Masnada al vizio desolatore del giuoco dissipò fra non guari il più di quanto insiememente formava il ceppo del suo credito commerciale, e della sussistenza di sua famiglia; nè per crescente miseria, nè per imminenza di pericolo, nè per allontanamento dalla Capitale, sede e fomite spesso di ogni viziosa tendenza, unquamai si corresse. L'umile Agosta, dove lo sciagurato era stato tratto da Napoli per ragione del traffico frumentario che professava, fu l'ultimo teatro del suo vizio, conciossiachè, avendo quivi perduto gli avanzi estremi de'suoi capitali, fu giocoforza mancare agl'impegni in commercio contratti, e quindi venirgli affatto meno quel credito, mercè il quale, dopo le ultime dissipazioni, alimentava tuttavia la sua sterminatrice passione.

La rovina però del Masnada fruttò alla binuba una lezione possente, cui forse in gran parte andò poscia debitore il nostro Paolo della sua riuscita. Ella vide il baratro orrendo, nel quale gli appetiti colpevoli trascinano, e conobbe perciò l'utile immenso, che derivar ne deve dal saper loro imporre la legge; quindi fu che maternamente rigorosa vegliò instancabile, ed ogni sua cura profuse per dare alla sua prole una educazione, che al propostosi scopo rispondesse di saper porre un freno alle passioni irruenti; sì, che, e fralle pareti domestiche, e nelle pubbliche scuole, ella procacciò al suo Paolo tutti quei mezzi, che, avuto riguardo alla cultura dei tempi, ed alla di lei posizione, potevano da essa impiegarsi, acciò nella totale indigenza, in cui lo avrebbe un giorno lasciato, un capitale, e prezioso capitale, avesse almeno rinvenuto nell'accresciuto patrimonio delle sue virtù, e quindi della sua intellettuale esistenza.

Ne profittò il giovanetto, in cui il senno sorpassava gli anni, tal che a gran passi nella carriera della sua letteraria instituzione avanzandosi, divenne l'amore dei suoi maestri, il modello de' suoi compagni di scuola. Si volle addarlo al sacerdozio; e poichè col suo senno l'immensità dei doveri ne conobbe, misurò, ch'egli solo il poteva, la virtù di cui premunito avea il cuore, e scortala sufficiente a sostenere illibato il decoro sacerdotale, non iscorossi aspirare alla dignità di ministro di Dio. Eccolo quindi immergersi nelle ascetiche discipline, eccolo pascersi delle dottrine della Chiesa, e dai tesori che le sacre pagine racchiudono nuovi elementi di perfezione ricavare il suo spirito, onde e coll'esempio, e col labbro potesse altrui erigersi un giorno a maestro. Nè andò fallito il suo proponimento, chè dai domestici lari, dal pergamo, e dalla cattedra integerrimo uomo, siciliano, e sacerdote maisempre mostrandosi, sprone e norma divenne di privata, cittadina, e religiosa virtù ai più schivi financo. Ma pria d'innoltrarci nella dimostrazione di questa verità, da cui emergerà di leggieri, che ottimo cittadino ben può proclamarsi il Flamma, mi si permetta sviluppar sull'assunto qualche fugace pensiero, che là ci riduca d'onde prendemmo le mosse.

L'affezione verso il suolo natio è un sentimento tanto più eccelso, quanto più caldo si sente: maledetto però colui, che in altro non fa consistere questo sacro fuoco, se non se nella sterile vampa di pompose parole, di desiderï sconsigliati, di rovinose intraprese! Costoro, lungi di aver dei titoli alla benemerenza della patria, i carnefici, il disonore ne sono, ed alle imprecazioni di lei possono aver dritto soltanto. Tutto, la terra che ci raccolse in nascendo può riscuoter da noi, e lieti a lei tutto sacrificar noi dobbiamo, ove a suo prò il nostro sacrifizio sia diretto; ma non è solo colle coltella, sulle are, ed alle voragini che la patria si serve. Altri tempi, altre idee: ai dì nostri la si serve ben anco col desio di giovarla; ed ardentissima unquanco fu la brama del Flamma di promovere il nostro meglio. Ei non cingeva la spada, non calcava lo arringo della diplomazia, prodiga ver lui non era stata fortuna delle sue corrompitrici dovizie: povero, privato, sacerdote, ei ben conobbe, che altro alla sua patria consacrar non poteva, meno che il suo proponimento di moralizzare ed instruire i di lei figli, onde renderli un giorno cittadini degni di lei; e vòlto a così sacro scopo tutto l'animo suo, opra, atto, o parola non partiva da lui, che non tendesse al gran fine.

Coperto del pallio minorita (2), da prete regolare, ei potè meglio darsi alla concentrazione ed allo studio nella beatitudine della sua cella romita ; sì che fra non molto, e pria che il trentesimo anno toccato avesse, in istato egli fu di divulgare la parola di Dio dall'alto dei pergami più rispettabili della divota sua patria, non escluso quello della cattedrale (3).

Ecco frattanto sovrastare quei tempi, in cui della sventurata Messina pressochè non restava, che una congerie di desolanti rovine, ed un nome, che la voracità dei secoli, e l'avversità della natura, ad onta delle loro ingiurie, rispettavano ancora. Il lutto generale, che nella fronte leggevasi a ciaschedun dei superstiti, afflitti da una esistenza, cui tante perdite e tante rendevano insopportabile, ingenerar già parea il dubbio della provvidenza celeste, il tracollo nella disperazione ; ed una voce possente, che dalla tribuna del santuario tuonasse, e gli animi alla pietà, alla fede, alla rassegnazione riconducesse, era omai di mestieri. Fu quindi in sì impellente congiuntura, che sul nostro concittadino si fermaron gli sguardi del Senato non solo, ma bensì dell'esimio Prelato Monsignor Cefaglione, Arcivescovo allora di questa nostra diocesi, tal che fu Flamma l'eletto pel quaresimale dell'ottantaquattro, e luminosi e trionfali ne furono i resultamenti (4).

Parlò, il saggio Minorita, energicamente al popolo nel suo stesso linguaggio, ed il popolo in folla alla sua voce accorreva, con piacer lo ascoltava, e delle sue dottrine tuttodì si pascea. Nè il di lui apostolato, l'affidatagli missione santissima di preconizzare le verità del Vangelo, ministro dell'altare, circoscriveva ei per questo a mere sterili discussioni teologiche ; chè intensamente convinto essere il buon cristiano non altro, che l'uomo virtuoso, l'ottimo, il perfetto cittadino, ei dirigeva la sua maschia eloquenza a far sì, che la virtù si amasse, che il numero dei bisogni si rèstrignesse, che si pervenisse in somma a quella perfezione, di cui in questo basso mondo si può esser capace. Egli parlava al popolo, e parlandogli lo educava, lo instruiva, lo sospingeva nella palestra delle opere generose; nè ad ottener tanto scopo il baglior del mistero, o la maschera dell'ippocrisia s'impiegava da lui, ma la ragione soltanto era il vessillo trionfatore, sotto del quale i proseliti del pubblico bene, all'influenza della sua parola, si accrescean tutto giorno.

Il prodigo e l'avaro, l'invidioso e il negligente, il superbo e l'impudico, il vendicativo, l'iracondo, lo egoista, l'ateo, eran tutti il soggetto della più parte degl'intertenimenti suoi quaresimali, e sí ne discorrea, che mentre ognun di loro fremeva, al tuonar di sua vóce, scorgendo in tutto il suo orrore quella dell'espressate colpe, che a saettar si scagliava, non disperava però della propria emenda, ed a conseguirla aspirava, essendovi possentemente attratto dall'inspiratagli avversione per ogni colpevole tendenza, del pari che dalla forza de'severi suoi, sebben paterni, ragionari.

Con questo metodo, frutto avventuroso della profonda conoscenza, ch'egli avea dell'inestricabile labirinto del cuore umano, giunse a far suoi tutti gli animi, giunse ad ingenerare nei petti de'suoi concittadini sempre più ardente il desio della virtù, giunse in fine a convertire i malvagi, ed a farne i proseliti migliori di quella divina religione, che sul cardine celestiale dell'amor fraterno riposa. Si accorreva a piè del suo pergamo come a festa cittadina nella consolante certezza, che dalla casa di Dio, laddove ei perorava, non si partia senza che una qualche lezion se ne traesse, che a se medesimo, o al suo simile giovasse, che val quanto dire, che ne rendesse più accetti all'Essere degli esseri, di cui si apprendeva così a glorificare sempre più l'onnipotenza, e la legge di carità, e di pace.

Divenuto impertanto il Flamma, mercè questo

esperimento della sua saviezza, e della filantropia, che l'anima gli scaldava, l'idolo della sua patria, sentì rimordersi il petto, che una disciplina pressochè monastica parte usurpasse delle preziosissime ore, che più proficuamente avrebbe potuto consacrare a vantaggio del suo simile, e quindi fu che valendosi di quegli espedienti canonici, ch'era in dritto d'invocare, chiese, ed ottenne lo svestimento dell'abito minorita (5); per lo che tra non guari da prete irregolare cominciò a mostrarsi in Messina, ed a riscuoter da lei nuovo tributo di ammirazione, e di riverenza filiale, quasi mercede delle sue tante virtù, l'esercizio delle quali, attesa la sua novella carriera, se non più splendido, almeno più assiduo ed ostensibile era divenuto.

Ma non recesse ei per questo dall'impresa a lui prediletta di moralizzare, ed instruire i suoi confratelli, chè da semplice prete fu lieto ascendere per ben altre volte i patrï pulpiti, e di là finalmente d'onde aveva già prima per un intero corso quaresimale parlato al popolo nel dialetto ch'ei parla, nell'ugual ricorrenza e per lo stesso periodo dirigere la seconda fiata ad un clero illuminato, ad una udienza coltissima, nel linguaggio del Dante, del Machiavelli, e del Segneri la sua rigeneratrice parola; tal che nuove palme raccolse, ed oltre il rispetto del volgo, quello ancora dei più difficili amatori degli ameni e de' severi studï sempre più guadagnossi (6). Lo ripetiamo però; non era questo l'intento al quale da lui si aspirava: la patria era il suo nume, ed egli quindi attendeva a darle figli, che quanto egli l'adorassero, e che un giorno col senno potessero almeno accrescere la di lei rinomanza.

Governato da questo pensiere, gli si affacciò alla mente l'avventurosa idea, che dopo di aver proclamato dalla sublimità del pergamo, e fralle spaziose volte de' tempï la santità dei dogmi del Cristianesimo ad una moltitudine spesso spesso volubile, o difficile almeno a ritenere a lungo le impressioni del momento, vieppiù proficuo alla patria divenir potea , che dalla scranna del precettore, nel silenzio del suo gabinetto, dedicato si fosse a trapiantare le virtù del suo cuore , ch' erano pur quelle del Vangelo , entro i petti di una classe ristretta di giovani bennati , che più da vicino avessero potuto alimentare in lui le concepite speranze a pro della terra natìa. Fu perciò ch'ei si rivolse al ministero più sacro, e più difficile in uno di educare ed instituire la gioventù, e vi si risolse appena, che a gara i padri tutti, cui era a cuore la riuscita de'proprî nati, avidamente concorsero a contrastarsi la preferenza nella scelta, mettendo all'uopo a profitto e l'imponenza de' loro nomi, e le dovizie delle proprie arche. Ma l'ottimo ecclesiastico superiore al pungolo dell'interesse, immacolato dal tarlo dell'ambizione , cesse a quei soli ver cui più inclinava il suo cuore , e cortesemente modesto accomiatò gli altri dicendo , che angustia di tempo vietavagli assumere un numero d'impegni, che le sue forze eccedessero ; in guisa che quei medesimi, ai quali sì gentilmente negavasi, erano astretti nel partirsi da lui ammirare la delicatezza de'suoi principî. Or qui cade in acconcio gittare un rapido sguardo sulle basi della instruzione , ch'ei dava a coloro , che alle sue cure affidavansi , chè avremo nel suo giudicioso sistema sempre più gravi garenzie della sapienza di lui.

Riandatosi dapprima maturamente dal Flamma il metodo, che nel pubblico insegnamento dai nostri cattedratici , verso lo spuntare del secolo in cui viviamo seguivasi tuttavia, e scortane la imperfezione ed il vizio, all'emenda si accinse , e ad emendarlo pervenne. Egli disse fra sè : non è coll'Italia forse che dividiamo la serenità del cielo, la soavità del costume, l'armonia della favella? ed al concepimento di questa non furono i nostri padri , che possente impulso apprestarono ; tal che quindi ne surse quella lingua divina, che tanti allori ha mercato ai seguaci dei Petrarca e dei Bembo, degli Ariosto e dei Boccaccio? quella lingua che uno dei

migliori ornamenti costituisce della travagliata peniso-
la, madre nostra comune? quella lingua infine, che nostra in gran parte può dirsi e per dritto di origine , e
per ragion di possesso? E non vergogneremo noi di pos-
porre a qualunque altro , lo studio dell'italiano idio-
ma? Si stancheranno ancora i siciliani fanciulli sotto il
giogo della pedagogica sferza , confondendo le loro de-
boli menti con un vortice di precetti, che il più, ed il
meglio del loro tempo usurpando, un linguaggio riguar-
da, che pel suo costrutto, e pell'onorevole ostracismo,
che alla fin fine ottenne e dai trivï, e dal foro presso le
odierne nazioni, scabro è oramai divenuto , e mal atto
ad appararsi nell'aurora dell'età? Apparterremo noi forse al mondo della luna per non doverne mica occupare
della terra che ci sostiene, delle genti che ne circonda-
no , de'fasti e de' delitti delle spente generazioni , della
sapienza, e dei deliri della favola? La scienza dei nume-
ri e delle figure, la severità del raziocinio, la sublimità
del sermone del Lazio, l'approfondimento del bello let-
terario, la conoscenza dell'armonia poetica, lo insegnamento di poche verità metafisiche fra tanta laguna di
congetture , lo studio in fine de' proprï doveri possono
ad altro tempo serbarsi , che a quello dello sviluppo
maggiore del giovanile ingegno? Ed a se stesso indiritt-
te cotali domande, ecco sortirne dal suo vasto intellet-
to un piano di privata instruzione, che tutte abbraccian-
do le branche dello scibile , delle quali qui sopra ab-
biam fatto menzione, coll'ordine istesso ivi espressato,
a cominciare dagli elementi primi di gramatica, fino alle più ardue teorie di logica, metafisica, etica, e dritto
naturale, con tenerissima cura, degli affettuosi suoi allievi la mente , ed il cuore arricchiva. Nè a tanto scopo egli delle opere di altri servivasi , ma vegliando le
notti, con laconismo, ordine, e chiarezza senza pari a
fortunate pagine affidava la serie de' suoi pensieri su quel
ramo di sapere, di che si occupava ; onde ne' suoi pre-
ziosi manuscritti i discenti di lui rinvenivano poscia i

precetti ineluttabili di gramatica italiana, di storia sacra, profana, e patria, di geografia, di mitologia, e gradatamente ancora di ogni altra più severa disciplina, che nel suo piano d'instruzione aveva egli compreso (7).

Ma se con questo metodo, e con tanta cura attendeva a rischiarare gl'ingegni de' suoi discepoli, con maggior efficacia insisteva ad imprimere nei loro petti il sentimento della virtù, ed a far di questa l'idolo dei loro cuori. La patria, il cielo, e gli uomini erano indistintamente gli oggetti, a pro de' quali egli spendeva di continuo la sua parola, riempendone fin anco, con arte siffatta, i momenti di ricreazione, ch'ai suoi scolari concedea, che questi avidamente l'udivano, e quasi senza avvertirlo apprendevano ad apprezzare la patria, ad adorare il Cielo, ad affratellarsi agli uomini, a circoscrivere la folla dei bisogni fattizï, a divenire in somma cittadini integerrimi, quanto colui, del quale le lezioni ascoltavano. Ah sì, ditelo voi, o generosi concittadini, voi cui fu dato in sorte avvicinarvi al magnanimo, voi cui fu grato talvolta sentire le paterne lezioni, ch'ai suoi allievi largiva, voi in fine cui fu l'onore concesso di penetrare nell'intimo del suo cuore, ditelo voi, lo ripeto, qual apostolo del pubblico bene in Flamma abbia avuto la patria, e di quanto a di lei vantaggio egli accrebbe il patrimonio della carità cittadina!

Valichi erano oramai quattro lustri di cosiffatto onorevole esercizio instruttivo, quando un concorso di malaugurate circostanze la macchina sconvolse del politico nostro reggimento. Ne gavazzarono gli sconsigliati e i malvagi; i primi perchè inetti ad indagar le cause degli eventi, ed a prevederne gli effetti; gli altri perchè fralle torbidezze e il disordine trovano di che pascere l'ingordo loro genio maligno: e mentre i buoni palpitavano al baccano di quelli, ei cittadino davvero, ei solo con severo cipiglio osava illuminare i disaccorti, fulminare i perversi, e riscuotere intanto da tutti ammirazione e rispetto.

Ma già il volere della sua patria è quello che decider deve del grado di fiducia, ch'ella nel fiore de'proprî figli ripone; già si raccolgono i suffragi, ed il Flamma ha la preferenza tra i primi; nè insistenza di prego, da motivi di vecchiezza, o di malsania rafforzato, vale a distorre dal suo capo la scelta; chè tutti de' proprî voti interpetre e sostenitore il proclamano sordi alle scuse di lui, alla immagine del pubblico interesse: ubbidire fu forza, e cittadino ubbidì. — Mortale incomparabile! ah sì, lo rammento pur troppo, nè sarà mai che l'oblii! teneramente nel partir da Messina, voi mi abbracciaste più volte, ed umida, nel ricevere il bacio affettuoso del vostro congedo, io rinvenni la vostra guancia di pianto, ed oh, quella lagrima, che nè viltà, nè timore spremeva dal vostro ciglio, quante, e quali luttuose vicende, che poscia il tempo avverò, mi rivelò in quell'istante! Lungi però tai ricordi, e seguiamo ancora per poco il nostro siciliano là fra i tumulti del semestrale consesso; nè sarà, ne son certo, che le mie parole su tanto argomento esca apprestino alla calunnia di denigrar la memoria dell'elogiato, il nome dell'oratore, chè dove l'ottimo principe modera i destini dei popoli, sacra quanto il Nume da cui deriva è la virtù dei mortali dovunque, ed in qualunque circostanza essi prova ne diano.

Là nella capitale il nostro Paolo non ebbe che a mostrarsi per meritare ancor quivi la stima de'suoi colleghi, la fiducia dell'universale. Egli era men che privato lungi dall'esercizio del proprio ministero; ove però ne assumeva l'incarco, gelosissimo la maestà ne sosteneva. Non istemperava i suoi robusti pensieri in un oceano di sonore ed ampollose parole, nè per futili baje soleva schiudere il labbro, se non se per saettarne talvolta i promotori col sarcasmo e l'arguzia; mentre all'opposto con laconismo eloquente tuonava instancabile tutte le fiate che la gravezza e l'oscurità della discussion l'esigevano. Tacque egli in fatti sempre che l'ampia sala echeggiò d'interminabili aringhe dirette a dirimere semplici quistioni di parole, o al più le fe' oggetto degli attici suoi sali (8); ma non tacque così allorquando la concione versava sopra materie interessanti, e severe, come la toleranza dei culti, il progetto della coscrizione, le angherie degli ordinarï e de vescovi sui loro sudditi, il pericolo di soggiacere allo straniero, e tanti altri gravissimi e svariati argomenti, che lungo molto sarebbe tutti qui raggranellare. Nè avversità di destino, o sbigottimento dei più sillaba mai a ringozzar lo costrinse di quelle generose parole, che a lui sul labbro sua coscienza spingea. A dare impertanto un argomento infallibile della severità, e della costanza del suo carattere, altro io qui non ricordo, se non di essere stato egli uno di quei pochi, sotto i di cui intrepidi sguardi spirò l'autorità di quel corpo, di cui tanta parte formava, imperciocchè fu appunto dietro le sue calcagna, che si chiuser per sempre quelle tumultuose stanze, entro le quali la di lui saviezza sovente avea i dispareri composto, e ricondotto gli smarriti sul sentiero della verità e della giustizia.

Rimpatriatosi quindi un vivere pressochè romito egli trasse, scevro di ogni ambizioso pendio, dell'adulazione acerrimo nemico, tolerante da stoico i malori della sua vecchiezza, irremovibile nella risoluzione di non permettere unquanco che il medico si accostasse al suo letto, e dividendo le ore frallo studio delle cose nostre, e l'amicizia di pochi a lui prediletti, ai quali un lampo ora pajono i tre lustri, che dal suo ritorno spesero secolui in questa preziosa vicenda di amorevolezza e di meditazione.

Me deserto, qual punto la mia orazione già tocca! quai tenere e funeste memorie a questo tratto nella mia mente avvicendansi! Ah sì, mio venerando Maestro, le mille volte che paternalmente al collo mi stendeste le braccia, i salutari consigli di cui generoso sì sovente mi foste, i nomi di vostro conforto ed amico, onde non di rado onorar godevate me vostro ammiratore e discepolo, tutto, tutto mi ricorre al pensiero, e più acerba mi rende la sventura, di cui mi si rese ministro il 14 corrente Novembre, quella di avervi per sempre perduto! Ove a quel dì funestissimo col pensiero risalgo vi veggo fralle tenebre notturne, al fioco lume di una lucerna, estenuato di forze, raccorne gli ultimi avanzi, infra i singulti ancora della vostra agonia, per istringere la mia colle vostre mani, inestimabile pegno di vostra predilezione, e sollevando poscia lentamente la destra, sacra sempre più divenuta mercè l'estremo soccorso della religione, benedirmi sereno, e chiudere finalmente, col sorriso del giusto, al sonno della tomba imperterrito gli occhi .... Anima generosa e purissima! forza è omai ch'io mi taccia, chè il dolore insterilisce il mio labbro; Voi però, dalla sede superna serbata alle vostre virtù, accogliete in queste poche pagine il non compro, ma spontaneo, ed incorrotto tributo della mia invariabile devozione per voi, che qual padre secondo ho mai sempre estimato, e vegliando dal Cielo a pro della vostra terra natale, fate che abbia essa de' figli, che nelle vostre eccelse doti inspirandosi vi somiglino un giorno!

A DÌ 22 NOVEMBRE 1836.

N O T E

(1) La più parte delle notizie che riguardano la prima età del nostro elogiato ingegnosamente ci venne fatto attingerle alla spicciolata dall' istesso suo labbro , ed ei medesimo fu che ricordando talvolta la perdita del suo genitore ne aggiunse , che sventuratamente era morto in conseguenza di una grave percossa arrecatagli al capo da persona ignota.

(2) Il Flamma vestì l' abito minorita , assumendo il nome paterno, quello di Gaetano, a dì 11 Settembre 1773 dietro autorizzazione di un capitolo all' uopo tenutosi in Messina nella casa di S. Agata. A 16 dello stesso mese partì per Catania, ed ivi compì il suo noviziato in S. Michele, sì che a 20 Agosto 1775 tornò in patria professo, e suddiacono, con assegnazione per la sua originaria residenza. In essa fu consacrato Sacerdote a 2 Marzo 1776 e quattordici giorni dopo ripartì per Catania, da dove qui venne altra volta a 28 Febbraro 1777 e rimase in S. Agata fino alla sua secolarizzazione.

(3) Rilevasi dai registri comunali di quell' epoca essere stato il Flamma l' eletto per l'orazion panegirica di S. Rosolia, che nel 1780 si recitò nella nostra cattedrale.

(4) Abbenchè nel nostro archivio comunale non ci sia riuscito trovare alcun documento di questa prima elezione del Flamma a quaresimalista del nostro Duomo , ne siamo stati però assicurati dalle univoche testimonianze di vegliardi rispettabili , che ascoltarono in quella ricorrenza le di lui prediche nella chiesa che allora provvisoriamente si costrusse di tavole nelle vicinanze del borgo di Porta Legni , attesi i guasti, che i terremoti aveano prodotto alla cattedrale.

(5) La lana minorita fu dimessa dal Flamma nel Giugno del 1790.

(6) Fu nel 1795 ch' egli fece il secondo quaresimale nella madre Chiesa, dal di cui pergamo nell' anno precedente aveva ancora offerto all' Altissimo nel dì ultimo di Dicembre il consueto rendimento di grazie.

(7) Fra le sue carte, seguita la sua morte, altro non si è rinvenuto de' suoi scolastici manoscritti , che alcuni rudimenti brevissimi di poesia italiana , altri di mitologia , ed altri in fine di logica e dritto naturale.

(8) Al bociar di coloro che insistevano a più non posso perchè si cangiassero i nomi alle provincie fu il Flamma ch'esclamò : » E che! non ci basta l'oro di cui le abbiamo spogliate! » torremo loro anche i nomi ?